だいじな娘を
医療ミスで失って

―数々のミスに遭遇した乳癌患者の記録―

日野多香子 著

娘、香緒里。
（ハンガリー、ブダペストにあるリストの家で。）

もくじ

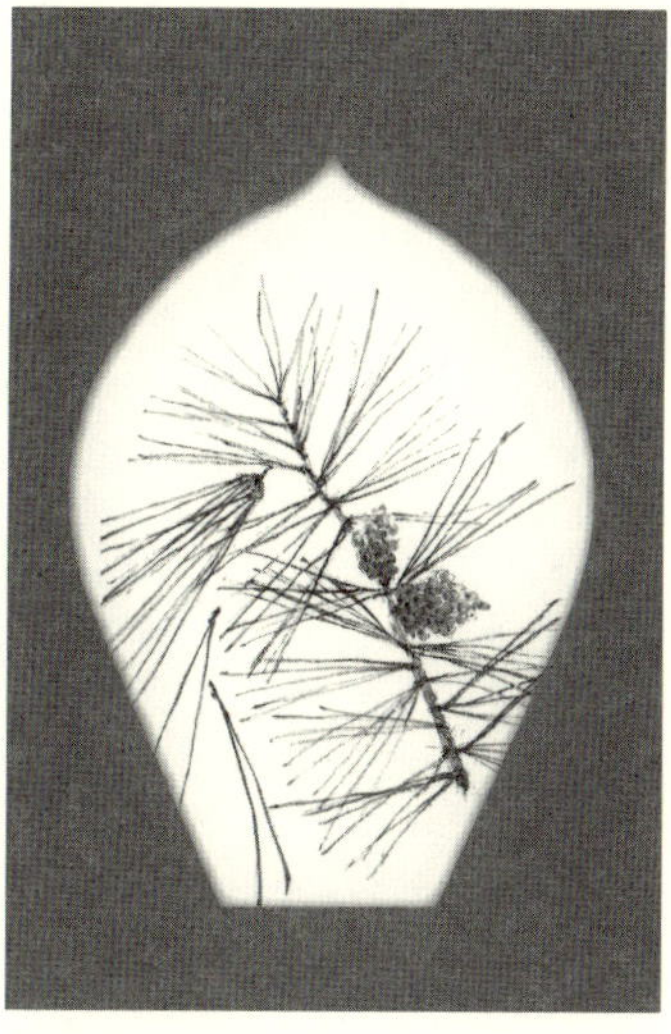

表紙・挿画　阿見みどり

一　現代医療の表とうら

今、医療の現場で、ミスはかなり多いそうです。先日の新聞にも、1年間に1000件を超すミスがあると書かれていました。中にはそれがもとで命を失う人もあるとか。私の娘山下香緒里も、まさにその一人です。

赤ひげ先生の時代から医術の世界は素晴らしいとの考えがあります。「医は仁術なり」です。たしかに、そのような医師は今も多くいます。しかし、一方に、そうではない医師もいるのです。先頃、46歳で逝った娘の生前の言葉は、「私は医療ミスにあってしまった。これを告発するまでは決して死ねないし、死なない」でした。しかし、現実に体はもろいものです。告発以前に娘は命をおとしたのです。

乳癌の乳房温存療法後の多発性骨転移が原因でした。

娘は乳腺外科のKクリニックで乳癌の乳房温存療法（乳房を切除せずに温存する方法。患部にラジオ波をあて癌細胞を破壊する療法）を二度受けましたが、二度目を受けてのち骨への転移がおこりました。まさに医療ミスです。しかし、この転移も、手術したK医師が見つけたのではありません。

手術後も3か月に一度、クリニックには検診に行っていたというのに、K医師はこれを見おとしました。そうして、他の医師によって見つけられた時、転移はほぼ全身にひろがっていたのです。もし、その頃主治医だったK医師が、転移に早く気づいていたなら、今回の悲劇はおきなかったでしょう。更に二度目の治療の時、すでに問題視されはじめていた乳房温存療法を主治医が勧めず、娘がセカンドオピニオンを考えてくれていたならと大変残念です。

「こんなことで死ぬわけにいかない！」

これは、娘の悲痛な叫びでした。

医療ミスとなった二度目の治療の時、K医師は絶対大丈夫と娘に言いました。そうして、娘に再度の乳房温存療法を勧めました。リスクは3パーセント、すでに十分に市民権を得ている療法なのだからと資料までもちだして。しかも、独特の話術がこれをあと押しました。

それは、セカンドオピニオンなど、言い出すひまもない早業でした。

ところで、このセカンドオピニオンですが、これを認め、結果によっては患者を他の医療機関に渡す医師は、実際のところ少ないようです。ほとんどの医師は、自分の患者を他に引き渡すことに難色をしめします。

私の義姉の場合がそうでした。

義姉は腰が悪く、一回目の手術後も思うように歩けません。そこで、私は他の大きな病院を紹介し、そこの内情も義姉に伝えました。いつでかけても、担当の医師に診てもらえるという段取りにまで、こぎつけたのです。しかし、結局義姉は、最初の病院の医師による二度目の手術を受けてしまいました。理由は、「どうしても他の病院のことが言いだしにくかったため」です。そうして義姉は、未だに外を一人で歩くことはできません。

セカンドオピニオン、これを実行し、更に医療機関を換えるには、大きな決断と、勇気が必要なのです。しかし、すでに具合の悪い病人には、この決断も勇気も、なかなか持ちえないのが現状です。

娘の場合もそうでした。娘がその申し出をする以前に、K医師は自分のところで二度目の手術をするというムードを作ってしまっていたのです。

まだ、癌の本当の怖さを知らなかった娘は、かなりかんたんに承知しました。のちに、骨への転移がわかり、更にあれ程の苦しみが待つとは夢にも知らずに。

私は医療のこれからを思い、多くの病で悩む人々が、より良い道にすすむことを願って、娘が受けたミスをあきらかにしようと思います。一人でも多くの人々に、自身の治療には十分心を砕いてと訴えます。医療のミスは単なるミスではありません。そこにはなにものにも代えがたい命がかかっているのです。そうして、ひとたび失われた命は、もう二度と戻りません。

もしかすると、一部の医師たちは、命を数字の上でのトータルとしてとらえ、治療を試みているのかもしれません。何しろ、一人殺せば腕が上がるとの（ブラック）ジョークさえあるのですから。しかし、それは間違いです。命は奪われたものにとっては実に重く、遺された家族には実に深い悲しみをよびおこすものなのです。決して医師の功利主義、あるいは名誉欲によって左右されてはなりません。

医療ミスを受けてしまった多くの人々の家族の一人として、私は今、失われた命がどれほど貴重であったかを訴えたいと思います。更に、あなたにとって、この治療が果たして最善なのかを十分に考えてほしいと訴えます。

自身では告発できなかった娘に代わり、治療の経緯やミスの現実を伝えます。

二　娘のきた道

「心音プラス」

これが、私の中に小さな命が宿ったことを知るきっかけの言葉でした。場所は東京、神田駿河台にあるS病院。当時教師をしていた私に、医師はそう告げました。私は小躍りしたい気持ちでした。「命が宿る」そのことのうれしさを改めてかみしめていました。

この日から、新しい命はぐんぐん成長し、やがて産声を上げて、更に、独自の成長を遂げはじめます。親をはなれた個性ある一人の人間として。

「香緒里ピヨンてちてたの」

これは、2歳7か月で保育ママの手をはなれ、保育園に行きはじめた頃の、孤独だった娘の言葉でした。しかし、娘はやがて、保育園の年長組になり、年下の子たちに紙芝居を見せてあげるほどに成長していきます。

小学校時代には、合唱祭のピアノ伴奏も引き受けました。卒業する年の6年では、新美南吉原作の劇「ごんぎつね」に出演、「ええ、いわしこいわしこ」と、舞台の上でおかしな声を張り上げる場面もありました。

東久留米市の南中学、都立武蔵高校と順調にすすみ、やがて早稲田大学の教育学部国語国文科にはいります。早稲田では大勢のすてきな友達に恵まれ、楽しい4年間でした。更にその後は東京大学文学部のイタリア文学科に学士入学。夏のフィレンツェに、1か月語学留学します。この体験が非常に新鮮だったためでしょうか、娘は毎日のように家に絵はがきを送ってきます。それをまとめたものが『フィレンツェ発、元気です』（実業之日本社刊）でした。

「あの旅は語学を学ぶというより、求道の旅でしたね」

先日、娘や私どもに洗礼を授けてくださった中島牧師が言われました。この言葉どおり、アッシジで、フィレンツェで、娘は主に教会を歩き、絵や彫像に心を奪われます。

卒業後まもなく、医歯薬出版に就職。ここでは「臨床栄養」などの編集にあたります。特に後半は編集長として活躍しました。

やがて結婚。しかし、その生活は、娘が求めていたあたたかなものとはかなりちがいました。

「一度でいいの。私は、やさしくてあたたかな暮らしがしたい」

これは、その頃の娘の言葉です。

そのようななかで、結婚6年余りが過ぎた頃、娘は自身で乳癌を見つけました。

まだ子宝には恵まれず、いつか自分の子を自身の手で抱きたいと思っていた矢先でした。

とりあえずS病院を受診すると、乳房の全摘出を勧められます。娘は、

「今、乳房を失うと私自身の女としての存在理由がなくなってしまう」

と、とまどいます。そこで、インターネットであちこちを探し、たどり着いたのが乳房温存療法をしている東京新宿駅西口にある乳腺外科のKクリニックでした。

「まだ0期ですね。それにこのタイプの癌は乳腺の外に転移することはありません。だから、全摘出する必要はありませんよ」

Kクリニックのk医師は太鼓判を押します。それでも、娘の気持ちはゆれ、S病院と、セ

カンドオピニオンとして訪れた、Kクリニックの間を往復したと言います。しかし、

「当病院ではやっておりません」

乳房温存療法について尋ねたS病院で、かなり事務的にきっぱり言われた時、娘の気持ちは決まりました。娘はKクリニックをえらんだのです。

もし、この時、S病院の医師が、

「乳房温存療法は今はやっているけど、まだまだ、疑問があるし……」

そう一言いってくれていたなら、結果は変わっていたかもしれません。

手術後、娘はたった一人で不妊治療に精を出すことになります。一方で、夫婦の間はひえこんでいくばかりでした。

「こんな暮らしいつまで続けても……」

そこで、娘は離婚を決意し、3年前、ようやく得た孫娘のMと共に、我が家に身を寄せます。

しかしその少し前、最初に受けたK医師による乳房温存療法によって完治したはずの乳癌は再発していました。

「再発はない」

そう言われて受けた乳房温存療法だったのに。そうして、我が家に身を寄せる少し前、娘はK医師のつよい勧めで二度目の乳房温存療法を受けていました。

一方、私どもはそのことを夢にも知りませんでした。もとよりK医師が見おとしていた、二度目の乳房温存療法後の多発性骨転移のことなど、知る由もありません。

離婚の裁判は長引きました。

当時、娘には家裁のほうから先方の要求が毎週のように来ていて、娘は痩せた体に地味なパンツスーツをまとい家裁へとでかけていました。その頃にはもう、骨への転移があきらかになり、そのための治療もはじめていましたから、私はいつもハラハラしていました。このストレスから、癌が悪いほうへとすすむことになりませんようにと。

しかし、裁判はやがて終わりました。娘の勝訴です。この結果をやっと勝ち取ることができて、娘はほっとしていました。

三　病のはじまり

ここで、娘の病との戦いを、順を追ってくわしく書きましょう。

「お母さん、私、乳癌だったの」

その日、珍しく紺系のカーディガンであらわれた娘は、キッチンでさりげなく言いました。8年前のある日のことになります。

「まあ、そう」

娘の言い方があまりに自然だったせいでしょう。私はこの告白をいともかんたんな気持ちで聞きました。思えば、この時点で全摘出をしてしまっていたら、のちの悲劇はおきなかったのです。

娘は続けて言いました。

「でも、もう大丈夫。乳房温存療法を受けたから」

日頃から、私どもにはあまり生活の内情を伝えてこない娘でした。しかし、乳房温存療法を受ける前、

「大事なことだから実家で両親と相談していらっしゃい」

元夫がもしこう言ってくれていたら、道はちがっていたでしょう。

「私もずいぶん迷ったのよ。でも、今、乳房を全部摘出してしまうのはどうしてもいやだった。自分がなぜ女に生まれてきたのか、その理由さえなくしてしまうようで」

結局乳房温存療法をえらんだのは、当初、S病院で勧められた全摘出が、術後放射線治療などで、体に負をおう療法であることと、何よりも、これでは自身の妊娠への夢すらなくなるという娘最後のあがきでした。

「癌はまだ0期だったの。それにこのタイプの癌は乳腺内以外には決して転移はしないと言われたし」

「それじゃ、もう、転移の心配はないわけね」

「もちろんよ。だから、安心して受けたのよ」

ずいぶんあとになって私は、乳房温存療法には比較的再発が多いこと、だから乳癌の学会では、施術を控えはじめていたことを知りました。

その後まもなく、娘は私を誘い、銀座のとある店でランチをしました。

「この店このあいだ見つけたけどおいしいの。ぜひお母さんと来たかった。また、来ようね」

もとより私に異論のあるはずはありません。

「乳癌も無事に治ったし、お料理はおいしいし、言うことないわね」

そんな気持ちでした。そうして、とてもうれしかったことを覚えています。

元夫への遠慮で、とかく実家とは疎遠になっていた娘。久しぶりで手元に戻ってくれたという気持ちもありました。

「お父さんに孫を抱かせたい。親孝行がしたい」

これは娘の悲願でした。何しろ無類の子供好き、幼い頃から夫は娘をかわいがり、日曜ごとにベビーカーに乗せては近所を廻ることが好きな人でしたから。

その後娘は、わずかな仕事の合間をぬっての不妊治療にふみきりました。

「もうそろそろ諦めなさい。なにより自分の体を大事にしなければね」

私は、栄養雑誌の編集長として多忙な娘をよく知っていました。それだけに、不妊治療で更に忙しくなった娘を気遣ったのです。しかし、この子は妊娠するまで続けるだろうなと、内心は思っていました。かなり強情で親の忠告など聞く性格でないことを知っていましたから。

まもなく、娘は子どもを授かりました。私たちにとっての初孫です。

幸い、孫は元気です。性格も明るく、素直にすくすくと育っています。

絶対に転移はしないタイプの癌。しかも0期。こう思い込んでいましたが、実はちがいました。その後かかったJ病院のS医師によれば、この段階ですでに、娘には隠れた癌があったはずなのです。

「転移はない」そう言われて受けたはずの手術でした。しかし、術後4年9か月後に転移が見つかります。この段階ですでに、K医師はミスをしたことになります。娘が受けた医療ミスの最初です。そうしてこの時から、娘はK医師によるあきらかな医療ミスを次々に受けることになっていきます。

1回目の手術のあと、私はくどいほど娘に言いました。

「もし、次に何かがおきたら、とにかく全摘出をなさい。そうして、乳癌の種を断ち切らないとだめですよ」

というのも、乳癌によって命をおとした人を、私は何人か知っていたのです。それだけに私は親として、娘にはその轍をふませたくなかったのでした。

しかし、4年9か月で小さな腫瘍を再び見つけた時、娘はまず、K医師のもとに出向きました。娘にしてみれば、再発転移はないと言われて受けた療法なのになぜ再発したのか、そこをただしたかったものと思われます。ところがK医師に絶対に大丈夫だからと言いくるめられて、娘は二度目のラジオ波による乳房温存療法を受けてしまいます。

娘によると、この時は有無を言わせないほどの話術の巧みさだったそうです。

「患者の立場では、ことわれない状況だった。そんなシチュエーションが、できてしまっていた」

あとで娘はそのように言いました。

絶対、他の医師に患者をとられたくない。先方はこの一念でつよく二度目の乳房温存療法を勧めたのでしょう。

当時娘は授乳中でした。更に娘の元夫は、遠方出張。そのうえ、自身は雑誌編集という過酷で多忙な暮らしを抱えていました。それでも、相談してくれたら、すぐに他の病院で調べるよう、忠告できたでしょうに。ひとりっこでもあり、かなり大切に育てた娘でした。それだけに、結婚後は「もう親に心配をかけたくない」この気持ちが人一倍つよかったものと思われます。

余談になりますが、私の知人に乳房温存療法が成功し、今年15年目を迎えた人があります。乳房温存療法に関してさまざまな話がきこえてくる中で、彼女のがんばりには励まされます。

二度目の乳房温存療法の結果は、娘の意に反したものでした。

右乳癌術後の多発性骨転移です。

思えば前の年の10月頃から、娘は全身のひどい痛みを訴えていました。熱もでていました。膠原病をまず疑い、J病院のこの科に行きましたが異常なしです。痛みが3か月続いた時、J病院で膠原病を担当してくれていた医師は、「まさかとは思うけど、一応調べてみては?」と、骨の検査を勧めます。この結果癌による骨転移が見つかったのです。

結果は思いのほか重症でした。頸椎、脊椎、胸椎、更に骨盤にまで癌の病巣はひろがっていたのです。大ショックでした。娘も私ども両親も、体の震えがしばしとまりませんでした。

転移が見つかった段階でK医師は言ったそうです。

「そういえば、腫瘍指数が微妙にあがりはじめた時期があった」と。

なぜ、その時、精密検査を勧めてはくれなかったのでしょう。もし、この段階で転移がわかれば、娘はもう少し、命を長らえることもできたでしょう。

転移がわかってすぐ、娘はセカンドオピニオンを受けるため、G研究所を訪れました。医歯薬出版の上司N氏の紹介です。

この時はじめて、今回の骨転移が、受けた乳房温存療法の医療ミスによることがわかりました。絶対大丈夫と言われて受けた手術は大失敗だったのです。しかもこの転移には完治がないこともあきらかになりました。

「私はだまされてしまった」

G研究所からの帰り道、娘はぽつりと言いました。ひと呼吸あってから、

「私は死なないよ。絶対に。こんな医療ミスあっていいはずがないもの」

それから更にひと呼吸おいて、

「あんな医者に殺されてたまるか！」

それはもう絶叫でした。

「もちろんよ、どんなことがあっても治さなければ」

私も口をそろえました。「治る」と本人が言う以上それはたしかなことだと信じました。心からそう思いました。


まもなく、娘はK医師のクリニックから、お茶の水のJ病院に換わりました。この時に、私は、セカンドオピニオン、更に転院することの難しさを身をもって知らされました。

この頃の娘の症状はかなりひどいものでした。私ものちに主治医となったJ病院のS医師に、CTによる画像を見せてもらいましたが、背骨のあちこちに点々と病巣がひろがっています。ここまで患者を放置してしまっていたK医師。果たして乳癌の専門医といえるのでしょうか？　背骨の一か所を放射線でかためるところまで、J病院では話がすすんでいたとか。


「山下さん、あんまり気の毒だから」

S医師の言葉です。

四　束の間の平和

娘にはゾメタのほか、わりに一般的な抗癌剤の薬が処方されました。これはよく効きました。９００余りあった腫瘍指数が64までさがったのですから。一方で東京駅近くにあったアスゲン、更に湯たんぽその他で体を温めることを勧めるM医師の免疫療法もはじめました。食べるものは薄味の野菜中心、それに玄米もとりいれました。

これらが、二〇一四年の5月以降のことになります。

体調は良くなり痛みも去りました。

「私どこも悪くないみたい。生きているって、とってもすてきね。私は生きるよ。そうしていつかK医師を告発しなければ」

あの当時の娘の言葉です。

「結局医療ミスにあったのね。でも、どんなことがあっても死ぬわけにはいかない。生きてこれからの夢をやりとげなければ」

「ほんとうに元気になれてよかった！　とにかく、せっかく生まれてきたのだもの、さまざまなことにトライしていくことが大切。医療ミスを裁判に持っていくのはとても難しいそうだけど、やれるところまでやりましょう」

私はそう言って娘を励ましました。

医の世界では何がおきてもかかったほうが悪いとされてしまう。たとえ医師側にミスがあろうとも、裁判の場では、医師のほうが優位。以前から聞かされていたこの言葉に、少し前から私はうちのめされていました。

しかしとにかく今、娘は健康をとりもどしてくれたのです。うれしくてなりませんでした。（これなら大丈夫）と本気で信じました。娘とて思いはおなじだったでしょう。

「もっと良くなったら、必ず今回のことは告発しようね」

とお互いの決意もあらたにしたことでした。

この頃は、孫娘をあちこちにつれて行き、楽しんだ時期でもありました。

那須に一度、上野動物園に二度、井の頭自然文化園に一度、私たちはでかけていきました。中でも、那須のりんどう湖を中心にした旅はすてきでした。

保育園のお友達は夏休みで次々にでかけます。そのようななかで、孫は母親の仕事でどこにもつれて行ってもらえません。そこで「那須に行こうよ」ということになったのです。この時は切符もホテルの手配もすべて娘がやりました。

りんどう湖は那須の駅からかなりはなれています。

お迎えのバスに先に行かれてしまい、途方に暮れていた時、ホテルで車をだしてくれました。

ホテルは10階建てのしゃれた建物でした。地下は温泉、2階はバイキングの食堂。最上階は朝食用のバイキングレストランです。

ついた日の夕食後、私たちはさっそく地下の温泉に行きました。広い浴室の外は露天風呂になっていました。9月はじめとはいえ、外はもう寒いほどです。しかし、屋外にあるこのブースは、すぐ上に夜空がひろがり、四方が見渡せる素晴らしいところでした。私は早々に退散しましたが、娘と孫は心ゆくまで、露天のお風呂を楽しんでいました。

「よかったね」

「また、はいりたいね」

そう言いつつ、二人は湯からあがってきました。

あくる日はりんどう湖めぐりです。人造湖とはいえ、よくできた湖と公園でした。

私と娘は孫をはさんで、足こぎのボートで水の中をすすみました。私はかなり疲れたけれど娘は平気でした。足が棒になる頃、母と子、孫は岸にあがりました。

次は待ちにまったメリーゴーラウンドです。

「私はいいから、存分に楽しんでいらっしゃい」

この言葉がまだ終わらぬうちに母子は駆けだしました。そうして動物を象った乗り物に大満悦で乗りこみました。孫の要望に応え、結局5回、娘はこれに乗りました。

園内のあちこちにはソフトクリームの店があり、さすがに乳牛の産地でした。日頃、乳製品には特に気を遣っている娘でしたが、この日ばかりは大喜びでした。

東屋風のレストランで食事をし、食後はバター作りに挑戦。自分で作ったバターをパンに塗るイベントを大いに楽しみました。

あくる朝の最上階での朝食もバイキングでした。私たちは眺めのいい場所に席を取りましたが、孫は多くの人の波をかいくぐることが、楽しそうでした。

那須での最後はライオンバス、娘と孫はこのイベントも楽しんでいました。

私は娘があまり元気なので、病の体を押していることはしばしわすれていました。しかし、この時にも骨に転移した癌細胞は、着々とその悪魔のような翼をひろげていたものとみえます。

今から思えばこの頃、娘はある種の小康状態だったといえるでしょうか。

このあと上野動物園には二度、井の頭自然文化園には一度、足を運んでいます。すべてが、

「Mちゃんのため」

「どこかにでかけたという思い出を大事に」

このことにつきます。

上野動物園、そこはまさに「都会にこんな場所が！」とびっくりさせられる別天地でした。

私たちは上野駅のエキュートでお昼のおにぎりと惣菜を買い、園内にでかけていきました。

大きな猛獣より、ピンクのフラミンゴが好きという孫のため、私たちは主に第二動物園

で時を過ごしました。アウノトリと孫が言う化石のような鳥、ハシビロコウの前で長い時間足をとめました。

更に奥にあるシマウマや小人カバなどのところで何時間も過ごしたことを覚えています。

「私は生きぬくよ。絶対に」

これが娘のたえざる信念でした。私も、癌は今や治る時代を迎えていると思い、娘の言葉を信じました。

彼女が朝に晩に続けているお灸は体を温めてくれるはずでしたし、M医師の勧めで一枚余分に購入した敷布団も、前よりはずっとあたたかで、これらがほんわかと娘を包んでくれていました。

免疫療法なるものを私は本気で信じ、いつか必ず良くなると思っていたのです。

母と子、孫ででかけた最後は、家から1時間ほどの井の頭自然文化園でした。

その日私たちはバスで武蔵境まで行き、そこでお昼を購入。JRに乗って吉祥寺に向かいました。静かな池のほとりで、石に腰かけてお昼を食べました。おにぎりにお惣菜。ありふれた昼食も、外で食べるとおいしさは格別でした。

池をわたってくる風は頬に心地よく、近くの木立に注ぎかかる日差しはキラキラとまぶしいほどでした。

「こんな近くにこれ程すてきなところがあったなんて！」

「また、きっと来ようね」

しかし、この約束は今では反古になりました。なぜなら娘はその後まもなく、天に召されていったからです。


これら、すてきな思い出の一方に娘には苦々しいできごともありました。およそ3年にわたる離婚裁判でした。

家裁での調停ではことは決着せず、ついに裁判にもつれこんだのです。

家裁から呼び出しが来るたびに、娘はでかけていきます。その後ろ姿がいたいたしくて、私は、

「体力温存よ。この件、そろそろひっこめたら」

と言いました。しかし何事にも徹底しないと気が済まない娘は、私の言葉に耳をかたむけてはくれませんでした。

一度だけ、娘がこの件で声を上げて泣いたことがあります。

それは先方がかなりの金額を要求してきた時です。

出勤前の娘はこの時悔し泣きをしました。

「私の大事な治療費なのに」と。

娘が声を上げて泣いたのはこの時と、骨に転移があることがはっきりした時の二度だけです。あの時、娘は、

「私は自分で自分の人生に間違ったレールを敷くようなことをしてしまった」

と言って、泣きました。インターネットでKクリニックをえらんでしまった自身の軽率さをも反省してのことだったでしょう。しかし当時娘には、今でなければ生涯、自分の子を抱くことができないとの焦りがつよくあったのです。

五　娘の奮闘

転移がわかってから、娘は、良いと言われていたことはすべてやりました。その中に中国の郭林女史がはじめたという気功があります。

寒い盛り、娘は毎朝5時に起きて、一人で気功にでかけました。家の近くをめぐること1時間ほど。その間に、ふくちゃんと呼ばれる野良ネコとなかよしになり、更に、近くの六仙公園で早起き体操をする人たちとお近づきになりました。

この気功を中途でやめてしまったのはなぜだったでしょう。

ひとつには仕事が詰まって忙しく、個人の自由にできる時間は極端に狭められていった

ことがあるようです。それではこの段階で仕事をやめていたなら……あるいは結果は変わっていたかもしれません。しかし、当時娘には、仕事はある種の生きがいでした。それをやめてまでの気持ちは、なかったのではないか。あとで思うと惜しいことでした。

娘は、復職した暁には単行本を作りたい、そのためには、栄養学の先生に原稿をいただいてと夢はつきなかったのです。


私たちにとって、娘の病への思いは、いつかきっとよくなる、この一事でしかありませんでした。

「ああ、私の身体の中の骨から、癌細胞を全部とりのぞけたら。そうして、元の丈夫な体になれさえしたら」

娘がこうつぶやくのも無理のないことでした。なぜなら、日頃から娘には、体のどこにも弱いところはありませんでしたから。

更に、人を信じることが、ベストと思い、そう生きてきた娘だったのです。

K医師の「絶対大丈夫」との甘言も、人をうたがうことを知らない娘にとっては、疑問をはさむ余地のない真実に思える言葉だったのでしょう。

六　最後の挑戦

ずっと使っていた抗癌剤の効き目がおち、再び腫瘍指数が昇りはじめたのは亡くなる年のはじめ頃、まだ、冬の寒い時期でした。

「お母さん、あの薬もうだめらしいよ」

毎回診療を受けにいく度に、ハラハラして結果を待つ私の携帯に、娘からそんなメッセージがあった時、私はびくっとしました。しかし、今回も、きっとよくなる。合う薬さえ見つかればこの前のように指数はおちていく。私はそう固く信じていました。

この段階でＪ病院の主治医がまずおこなったのはホルモン療法です。背骨その他への転移がひどく、今ここでつよい抗癌剤を用いるのは自殺行為、そう言われました。5月、6月、治療はまず、体から女性ホルモンをとりのぞき、そのうえで薬剤を注射するという方法からはじまりました。人工的に更年期をおこさせるということでしょうか？ 2か月間にわたって、週に一度のこの治療がはじまりました。

しかし、残念なことに、いくら体から女性ホルモンをなくし注射をうっても、癌の指数は低くなりません。そればかりか、ひどい筋肉炎を起こし、日夜苦しむことになります。

娘はこの時期、1日数回ロキソニンというつよい鎮痛剤をのみ、胃を荒らしました。母の私は毎夜、娘がお灸を終えて2階にあがってくるごとに、足をもみ、背骨の両脇をマッサージしました。一時中断していたアスゲンの治療もまたはじめました。

筋肉炎の痛みは絶えず娘におそいかかりました。更にひどい吐き気と、食べ物の味がわからなくなるという症状も娘を苦しめます。私は癌という病と、それを押さえるための薬のつよい副作用にたじたじとなり、しみじみ「かかってはならない病気」だと思い、更に、「もっと早くK医師が転移に気づいていてくれていたなら」とこの医師の非力をなじりました。「絶対に大丈夫」とはどの口から出た言葉だったのでしょう。

娘の病が更にひどくなっていったのは、会社の編集会議やMの保育園での夏祭りがあっ

郵便はがき

恐れいりますが
切手をお貼りください

248-0005

神奈川県鎌倉市雪ノ下3-8-33
㈱ 銀の鈴社

『だいじな娘を医療ミスで失って』

担当 行

下記個人情報につきましては、お客様のご意見・ご要望への回答ならびに銀の鈴社書籍・サービス向上のために活用させていただきます。なお、頂きました情報につきましては、個人情報保護法に基づく弊社プライバシーポリシーを遵守のうえ、厳重にお取り扱い致します。

ふりがな	お誕生日
お名前 (男・女)	年　月　日
ご住所 (〒　　　) TEL	
E-mail	

☆ **この本をどうしてお知りになりましたか？** (□に✓をしてください)

□ 書店で　□ ネットで　□ 新聞、雑誌で(掲載誌名:　　　)

□ 知人から　□ 著者から　□ その他(　　　)

★ Amazonでご購入のお客様へ　おねがい★

本書レビューをお願いいたします。

読み終わった今の新鮮な気持ちが多くの人たちに伝わりますように。

ご愛読いただきまして、ありがとうございます

今後の参考と出版の励みとさせていただきます。
（著者へも転送します）

◆ 本書へのご意見・ご感想をお聞かせください

◆ 著者：日野多香子さんへのメッセージをお願いいたします

※お寄せいただいたご感想はお名前を伏せて本のカタログや
ホームページ上で使わせていただくことがございます。予めご了承ください。

▼ご希望に✓してください。資料をお送りいたします。▼

□本のカタログ　□野の花アートカタログ　□個人出版　□ 詩・絵画作品の応募要項

た7月初め頃です。編集会議は「具合が悪そう」との上司の判断で、ひと足先に帰しても
らえました。しかし、ようやく家にもどってきた時、娘は痛さで顔が真っ青でした。その
うえ熱が39度もあったのです。

ある時孫が言いました。

「ママ、泣いてたよ。痛い痛いって」

私たちにはほとんど弱みを見せなかった娘にも、このような瞬間があったのです。その
間にも腫瘍指数は昇っていく一方です。

「弱い細胞はほとんど死滅したと思います。代わりに生き残ったつよい細胞が猛烈にあば
れているのでしょう」

「普通なら、このくらい骨がやられていたらもっと痛がるはずです」

主治医はそう言って首をかしげました。

これは、前に受けた免疫療法のおかげか、娘の辛抱づよさか。おそらくその両方だった
のでしょう。少し前に受けたＣＴの検査で、骨の破壊は以前より少しすすんだと言われた
ばかりでした。

その先は、まさに坂道をころげおちるようでした。

そうしたある時、血小板の減少と赤血球の急激な減少がはじまりました。癌細胞が、骨髄を冒しはじめたのです。

骨髄への癌細胞の侵入が何を意味するかは明白です。そのままではやがて自力で血液がつくれなくなります。つまり行きつく先には暗黒しかありません。私はすぐに娘に付き添い、免疫療法でお世話になっているM医師を訪れました。

「大丈夫。骨髄の働きがよくなれば血液は自力でつくれます」

私は小躍りする気持ちでした。娘はこの危機をきっと乗り越えてくれる。そう信じてうたがいませんでした。

しかし娘の体力は急速におちていきました。

次に当医院を訪れた時、貧血は更にすすみ、途中駅の構内やホームの物陰で、何回かうずくまりました。

「体力がなければなにごとも……」

M医師もそう言って首を横にふりました。

それでも、この日お灸をしていただき少し元気になった娘は、帰りにインド人が経営する小さなレストランで、本格的な野菜カレーをごちそうしてくれたのです。

こののち、容体は更に悪くなります。次に試みたホルモン療法もまったく効きません。そのうえ肝臓を悪くします。医師は肝臓の治療を第一にして腫瘍の治療は中断。やがて腹水がたまりはじめます。更に肝臓への癌の転移も見つかりました。まさに満身創痍の状態です。これらは亡くなる年の8月のことでした。

娘の貧血は更にすすみました。電車で病院に行く時など、前の席の人が立ちあがってわざわざ様子を見にきてくれます。

「顔色が悪いけど大丈夫?」

「私だんだん悪くなる」

娘はそう言って嘆きました。

七　最期の時

やがて寝室になっていた2階にもあがれなくなりました。やむをえず、下の階の長椅子に薄い布団を敷き、その上に横たわります。

夜は私たち夫婦がかわるがわる見に行きます。

こうして迎えた9月1日、在宅医療の中島医師を迎え、家はみるみる忙しくなりました。介護ベッドを手配する人、訪問診療に携わってくれる訪問看護の人、薬屋さん等々。

その忙しさのなかで、ふと娘の耳にとびこんだのが、「乳癌末期」という過酷な言葉でした。

「私はもう末期なのね」

返す言葉もなくだまっていると、

「私が今終焉に近いことはよくわかってる。でも、その中で何とかしたいと思っているのに」

娘はそう言って、あとは沈黙してしまいました。

この段階での娘の無念、悔しさはどれほどだったでしょう。

同時に、この言葉をこの時期によくぞと今は思います。かつて、骨への転移がはっきりした時、娘は言いました。

「私は死なないよ。とにかく医療ミスを告発しなければ」

それだけに、この日のこの言葉を娘はどれほどの思いで口にしたか、考えるだけで、胸が痛みます。

思えば迎えなくてもいいはずの日でした。最初にもし、「転移はしない」とのK医師の言葉をうたがい、別の治療を受けてさえいたなら。そうして4年9か月後の再発の時、娘がK医師をうたがって、セカンドオピニオンとして他の病院を受診していたなら。更に、3か月に一度の検診で、K医師がもっと早く、骨への転移に気づいてさえいたなら。

最初は、結婚後6年過ぎても妊娠の気配もないことを悲しみ、やがて生まれてくるはずの子のために、乳房温存療法を望んだ娘でした。その後たしかに孫には恵まれました。しかし、一方で、K医師による医療ミスが積み重なっていくことになったのです。

死の2日前の夜、娘は10数回トイレに行ったそうです。私が階下におりていくと、いつも静かに眠っていたというのに。

「もう緑の腸液がでるだけだった」

次の日、娘は語りました。

たえずおそいかかる吐き気と痛み、頭を上げるとおそってくるひどいめまい、これらに娘はよくたえました。中島医師は、そんな娘が少しでも楽になるようにと、訪問看護の人と連絡を取り合い、点滴などに工夫を凝らしてくれました。

「私がんばるよ。だって、死ぬわけにはいかないもの」

この娘のくちぐせに、

「そうですとも、元気になったらM先生のところに行きましょう。11月にツィマーマンが来るの。あの方のピアノ、いっしょに聴きに行きたいね。それまでに元気になろうね」

これは私の願いであり夢でした。しかし現実はそうならなかったのです。

娘にとって最期の日の夜、私はこの夜のことを終生わすれません。

具合が悪いことを心配して、私はこの夜、娘が臥せっていた長椅子のわきに毛布を持ってきて、付き添うことにしました。

「あついよ。あついよ」

娘は何度も言って、かけていた毛布をはぎました。のどが渇くようなので、冷蔵庫から氷のかけらを持ってきて口にふくませました。口に氷が入ると娘はポリポリ音を立てて食べてしまいます。

「そんなに食べるとおなかをこわすわ」

私がそう言って氷を遠ざけると、今度は湿らせておいたタオルを音をたてて吸います。吐き気はなかったものの、「あついよ」「だるいよ」を連発します。明けがた、「苦しいよ」と言うので「どこが?」とたずねると、みぞおちのあたりを指でさします。そこを静かにさすると、早鐘のような心臓の鼓動が手に伝わります。背をさすり足をさするうち夜が明けかけました。それにしてもわずかな間になんと腕が細くなったことか、腕の力がおとろえたことか、そのことが残念でなりません。

疲れた私が夫に娘を託し、ほんの小一時間2階で仮眠をとり、下に戻ると、夫もずっと娘の背をさすり続けたと言います。

今度は私が付き添って背をさすると、

「お母さんなの？」

娘が少女のように優しく柔らかな声で聞きました。

「そうよ。ずっとそばにいるからね」

これが娘と交わした最期の言葉でした。

その後、「苦しい」「痛い」の言葉を受けて中島医師に連絡。言われたとおり薬を調合しました。

娘は少し眠ったようでした。

その朝、孫が保育園に行く時、

「Mちゃん、ママにバイバイは」

と言うと、孫が手を振りました。娘の目がかすかに動きました。

この時になって初めて気がつきました。娘はもう目が見えなくなっていたことに。最愛の我が子、Mちゃんの姿もとらえられなくなっていたことに。

（かわいそうに。かわいそうに）

これ以外に言う言葉はありませんでした。

その後娘は眠ったようです。寝息が聞こえるなか、私は隣室で台所仕事をしていました。寝息がふっと止まって、のぞきに行った時、娘はもうこの世の人ではなかった。手がふるえ声も震え、自分で今何をどうすればいいかさえわからなかった。孫を保育園に預けて戻ってきた夫も同じ気持ちだったでしょう。

娘は生前からの希望どおり、洗礼を受けることになりました。娘と孫、夫と私は無理を言って、東京、清瀬にあるニューホープ教会の中島牧師（中島医師のご主人）から自宅洗礼を受けさせてもらいました。

しめやかに讃美歌が鳴り響くなか、娘の魂は主のもとに静かに去っていったのです。

八　見送られて

中島牧師にすべてをお願いし、9月10日、11日、前夜式と告別式がとりおこなわれました。現役でしたから、勤め先の医歯薬出版からは、ほぼ全員が参列してくださいました。社に出入りの業者の人たちや、孫の保育園の先生、父母、近所の人、大学のお友達等々で、前夜式は一五〇人近く、告別式は一〇〇人近くの人たちが集まり、娘のために白いカーネーションを献花してくださいました。中島牧師のはからいのもと、多くの人が別れの言葉を娘に捧げてくださいました。親族、大学のお友達は早稲田、東大と、私も知っている人たちが思い出を語ってくださいました。あたたかで、愛に包まれた式でした。

しかし、娘はもうこの世にはいないのです。どのような言葉が娘に贈られても、娘の肉声を聞き、はじける笑顔に会うことはできません。この空しさをどう受けとめればいいのでしょう。

47年と少し前、私の中に娘の命が宿りました。しかし、その後は自分の力や先輩たちに支えられ、一人で歩んできました。私など、教えられることも多い娘でした。

娘が神のもとに行ってしまったことで多くの夢も中断しました。

音楽が大好き、本も、近代のイタリア文学はもとよりヨーロッパ中世の文学まで読むほど好き。そうして何より文を書くことが好きでした。現世にとどまっていたら、この先もいい作品が残せたでしょうに。

母譲りでフランツ・リストのピアノ曲を愛した娘には、

「いつか、リストの故郷ライディングから、エステルハージ城などを、リストの作品を追ってMちゃんと旅してみたら？　きっと、2冊目の本が生まれるわよ」

そう勧めていた私でしたが、これらすべてはもう、かなわぬ夢にすぎません。一緒に井の頭自然文化園にでかけて、池のさざ波を見ることもできないのです。

すべては、彼女がK医師に勧められるままに受けてしまった乳房温存療法の失敗と、3

か月に一度検診を受けに行きながらついに見過ごされてしまった骨への転移にあります。よくなる。絶対に。そう信じてうたがわない娘でした。

Mちゃんを育て上げたのちには自分も童話を書く。その夢を持ち続け、たくさんの児童書も読んでいました。

遺品の中には猫の絵のついたパジャマ、孫が少し大きくなってから着せるつもりだったであろうTシャツ、ズボン、猫の小物などがたくさんありました。

「可愛いものがお好きなかたでしたね」

医歯薬出版でお世話になったFさんの言葉どおり、可愛いものが好きな娘でした。更に、復職した暁にはしてみたい多くの仕事もありました。

「あんな医者に殺されてたまるものか！」

厳しい口調でK医師を糾弾した娘でした。一方で、

「お母さんなの？」

と、少女のように優しく、私に言葉をかけた、死の数時間前の娘の声もわすれることはできません。

私は今思います。無責任に患者に勧める治療法がどれほど恐ろしい力をもっているか。
その結果、いかに多くの尊い命が失われてしまうかということを。

九　私のホープ

香緒里よと小さな声でよんでみる離れいる孫いとしきものを

アララギ派に属する歌人だった私の母が生前詠んだ歌です。母は、ことのほか香緒里を可愛がり、幼い頃からその成長を楽しみに見守っていました。もとより、香緒里が長命で、その生を全うすることを切望していました。しかし、娘はそんな母の願いもかなわず、母を追って旅立ってしまいました。

「Mちゃんね、ママがいっとう好きだった。ほんとうだよ。ママは天使様になってしまったけど、やっぱり、Mちゃんのそばで元気でいてほしかった」

これは母親を慕ってやまなかった孫娘の言葉です。

娘の早稲田大学時代のよき友S氏が、娘の没後、私に送ってくれた手紙には、次の藤原定家の歌が引用されていました。

たまゆらの露の涙もとどまらず亡き人戀ふる宿の秋風

この歌には、母である私の、今の娘への思いがそのまま詠まれていると思います。

つい先日、夫がぽつんと言いました。

「46年前、おれは生後1週間目の娘を抱いてタクシーに乗り、家までつれてきた。うれしくてうれしくて、もう誰にも触れさせないぞの意気込みだった。それが、今度は息を引き取って間もない娘の目をそっと閉じてやらねばならなかったんだ。人生、なんと残酷なんだろう」

この言葉を私は胸のつぶれる思いで聞いていました。同時に思ったのです。この残酷さは人為的なもの、K医師によって引き起こされた残酷さなのだと。

「絶対大丈夫。このあと、もう一回受けることもできますよ。リスクは3パーセントです」

K医師は話術たくみに娘を安心させ、2度目の乳房温存療法を受けさせました。その裏に自己の功利主義、名誉欲があることはひたかくしにして娘の気をひこうとしました。これが個人による人為的事故でなくてなんでしょう。

実は、骨への転移がわかってまもなく、私は、K大学の栃木附属病院のE教授から、次のような手紙をいただきました。

「……あの治療は、再発転移が多いということで、今、乳癌学会では、特別な機関を除き、中止になっています。……」

乳癌学会では要職にあったというK医師がこの情報を知らなかったはずはありません。少し前から、さまざまな意見が出されていたにちがいないのですから。

K医師は単に私たち両親を悲しませただけではありません。孫のMをも、大きな悲しみの中に引きずりおとしたのです。永遠に、Mは母親の優しさに触れることはできません。

その柔らかな腕にだきしめられることも、「いいこだね」と指先で髪を撫でられることもないのです。

K医師のミスはこのように私たち一家に多大な波紋をひろげました。でも、その中で、誰より悔しかったのは娘本人にちがいありません。

医療ミスは決しておこしてはならない。すでに中止になろうとしている治療を患者に勧め、それを自身の手柄にするなどもってのほか。私はこのことを娘に代わりつよく訴えます。


孫は明るくて元気、それに素直な子です。過日私が髪を切ってやった時、誤って自分の指をハサミで傷つけました。

「おばあちゃん、大丈夫?」

孫は私の指にバンソウコウを貼りながら言うと、

「今夜はもう、水に手を入れちゃだめだよ。お着がえも私一人でやる。だからおばあちゃんは見ていて」

この優しさに私はある場面をかさねていました。それはかつて私が高いところのものを

取るために椅子にのぼると、

「ママおっこちないように」

かけてきて椅子に小さな手をかけ、そう言ってくれた幼い娘の姿です。

Mの優しさは母譲りとつくづく思います。同時にこの優しさをずっと持ち続けてほしいとも。

今Mは、私の大切なホープなのです。

2013年11月頃より、毎月数日程度、全身痛と発熱（37℃～38℃台後半）に見舞われるようになる。当初は風邪による筋肉痛程度に考えていた。また、たまたま周期的に痛みの症状が出てきたので、性周期と関係するものかとも思った。当初相談した内科医師には「膠原病性の疾患は、初期には風邪様の症状と鑑別が難しいことがある」と言われ、様子を見ていたが毎月症状が出た。次第に痛みはつよくなり、ピーク時には眠れないほどになっていった。2014年2月にリウマチ専門の近医を受診。血液検査ではリウマチ、膠原病の因子は陰性だったが、CRP6.8。翌週にはさがった（0.7）が、3月に再び症状が出たため、J病院膠原病内科を紹介されて受診した。ここでの検査でもリウマチ、膠原病の因子は陰性であったが、乳癌の罹患歴があることおよび本人の症状からくわしい検査を勧められた。Kクリニックでは、「再発・転移の所見ではない」と断言していたが、PET/CT検査を受けた（4/25）ところ、頸椎、脊椎、骨盤、胸椎の多発性骨転移があきらかになった（5/8）。

5/18にゾメタ点滴。以後、4週間に1回の点滴を指示される。ほかに、フルツロン、エンドキサン、ヒスロンを処方され、服用中。

6/17右乳房（原発巣）、6/24右腋下リンパ節細胞診（J病院）にて、クラス5の結果が出る。

娘が世を去って三週間がすぎた頃だったでしょうか。私は、娘のパソコンの中から下記のような記述を見つけました。
貴重な記録ですから転載します。

山下香緒里　現病歴

1968年10月31日生まれ。45歳。

38歳（2007年）時の４月、マンモグラフィ検査にて右乳房に石灰化像を認め、細胞診の結果、非浸潤性乳管癌と診断される。当初セカンドオピニオン目的で受診したＫクリニックでラジオ波熱凝固療法で完治可能との説明を受け、施行。その後は３か月毎の経過観察を行う。

2010年２月、長女出産。

2011年12月、再発（1.2センチと言われた）。ラジオ波熱凝固療法再施行。非浸潤性であり転移の心配はないと言われたが、念のためセンチネルリンパ節生検を実施したところ、４個のうち１個に微小浸潤があった。院長には悪いところは取ってしまったので、その段階でそれ以上の精密検査は意味がないと言われる。ただし、ホルモン感受性のため、再発予防としてタモキシフェンを処方され、服用する。その後は３か月ごとに定期検診を受けてきた。その都度、超音波(ほぼ毎回)、血液検査（年２回程度)、マンモグラフィ（２年毎。直近は2014年１月)、MRI（２年毎。直近は2013年10月）を受け、異常なしとの説明であった。

日野多香子（ひのたかこ）

児童文学作家。東京都出身。著書に、途中失明の少女の心の開眼を描いた『闇と光の中』（理論社）（日本児童文学者協会新人賞）、特攻隊を描いた『つばさのかけら』（講談社）、東京大空襲を描いた絵本『七本の焼けイチョウ』（くもん出版）、『樋口一葉ものがたり』（銀の鈴社）など多数。最新作の絵本『羅生門』（金の星社）は、鬼へのまなざしの温かさが話題になった。現在、桜美林大学アカデミーで児童文学の講座を担当している。なお本書は、娘の故、山下香緒里が出会ってしまった医療ミスを描き、すべての患者は自己主体で医療の方法をえらんでと訴えている。

NDC916
神奈川　銀の鈴社　2016
56頁　188mm（だいじな娘を　医療ミスで失って）

銀鈴叢書 ライフデザインシリーズ　　2016年2月13日初版発行
本体1,000円＋税

だいじな娘を　医療ミスで失って

―数々のミスに遭遇した乳癌患者の記録―

著　　者　日野多香子 著
発 行 者　柴崎聡・西野真由美
編集発行　㈱銀の鈴社 TEL 0467-61-1930　FAX 0467-61-1931
〒248-0005　神奈川県鎌倉市雪ノ下3-8-33
http://www.ginsuzu.com
E-mail　info@ginsuzu.com

ISBN978－4－87786－275－6　C0095
落丁・乱丁本はお取り替え致します

印刷　電算印刷
製本　渋谷文泉閣